海豚

表演

◆ 马上发财

◆ 八骏图

◆ 马上平安

天马行空

◆ 非洲犀牛

◆ 劳有所得

◆ 夺食

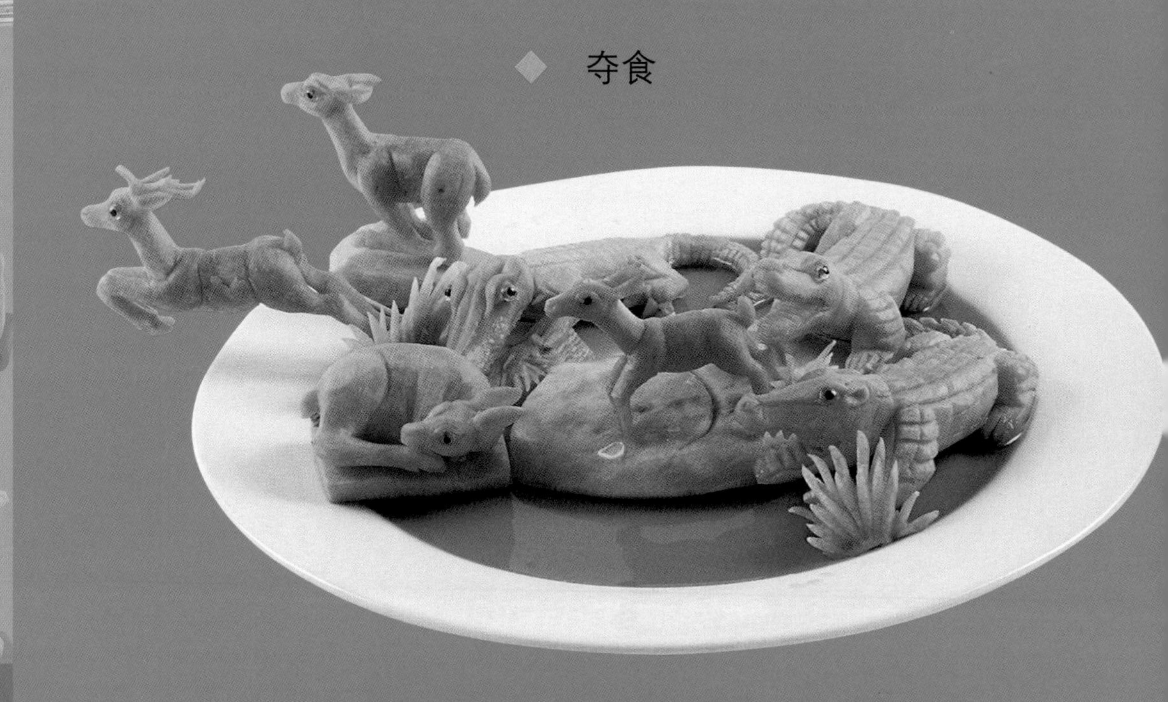

◆ 唯我独尊

◆ 憩

◆恭喜发财

爷爷和孙子

拳击比赛

福禄有余

◆ 情深深雨濛濛

◆ 小鼓手

南亚风光

吉祥如意

引路

协奏曲

◆ 天使之吻

◆ 沙漠之舟

◆ 花果山

◆ 鼠胆包天

◆ 松鼠葡萄

进军世界杯

你我他

比赛

备战

弱肉强食

◆ 祖训

新龟兔赛跑

孝子贤孙

熊猫戏竹

食之有道

◆ 白垩纪公园

五福捧寿

◆ 福在眼前

◆ 双福合和

◆ 榴开百子灯

作者简介：

张卫新，中国饭店业高级职业经理人。现任北京新御府酒店管理有限公司总经理、北京百家姓饮食文化传播公司总经理、北京唐人街酒店管理集团餐饮总监、双全集团博道俱乐部副总经理、北京紫禁城皇家美食设计制作工作室主任、国际餐饮协会中国名厨专业委员会副秘书长、亚洲厨业协会中国区常务理事；荣获亚洲名厨、中国最年轻餐饮文化大师、中国最受瞩目青年厨师、中国烹饪大师、国家高级烹饪技师、高级烹饪教师、高级营养教师等荣誉称号；被聘为中国药膳烹饪专家委员、国家劳动保障部中烹专业考评员、国家级评委并受聘为东方美食学院、北京应用技术大学客座教授，北京高级技工学校、北京外事学校烹饪专家委员，《中华美食药膳》编委，《中国烹饪》杂志顾问，全国饭店业食品雕刻大赛总评判长。

曾出版《中国宴会食品雕刻》、《全国雕刻大赛作品精选》、《花卉美食》、《水果美食》、《满汉全席》、《时尚水果雕切》、《燕鲍翅肚参秘笈》、《火爆官府菜》、《中华宫廷美食》、《大厨乡土菜》、《酒店经营与管理》等几十部作品。

作者电话：（010）86618666
13601312996
E-mail:zhweixin@263.net
zwx188@yahoo.com.cn

ISBN 978-7-5439-4036-9
9 787543 940369
定价：25.00元